Pequena enciclopédia
de seres comuns

Maria Esther Maciel

Pequena enciclopédia de seres comuns

ilustrações
Julia Panadés

todavia

Este livro talvez não exista. Ou melhor: sua inexistência é o que, provavelmente, o justifica enquanto livro. Foi escrito por uma bióloga que não é bióloga, mas finge ser uma, na medida do impossível. Já os seres vivos nele incluídos — todos classificados segundo certas peculiaridades de seus nomes comuns — têm uma realidade irrefutável: seja pela ciência, pela literatura ou por nenhuma das duas.

*Para Zenóbia,
minha zoóloga/botânica de estimação*

I. MARIAS

Maria-barulhenta 15
Maria-boba 16
Maria-cabeçuda 17
Maria-cavaleira 18
Maria-da-toca 19
Maria-dormideira 20
Maria-faceira 21
Maria-farinha 22
Maria-fedida 23
Maria-gorda 24
Maria-leque 25
Maria-luísa 26
Maria-mole 27
Maria-peidorreira 28
Maria-rosa 29
Maria-seca 30
Maria-sem-vergonha 31
Maria-vai-com-as-outras 32

II. JOÕES

João-baiano 37
João-bobo 38
João-cachaça 39
João-correia 40
João-de-barba-grisalha 41
João-de-barro 42

João-de-leite 43
João-de-pau 44
João-dias 45
João-doidão 46
João-galo 47
João-grande 48
João-grilo 50
João-mole 51
João-pobre 52
João-torresmo 53

III. VIÚVAS E VIUVINHAS

Maria-viuvinha 57
Saíra-viúva 58
Viuvinha-alegre 59
Viuvinha do amor-agarradinho 60
Viuvinha-borboleta 61
Viuvinha-de-máscara 62
Viuvinha-de-óculos 63
Viúva-da-saia-preta 64
Viuvinha-do-brejo 65
Viuvinha-humana 66
Viúva-marreca 67
Viúva-negra 68
Viúva-rabilonga 69
Viuvinha-regateira 70
Viuvinha-soldadinho 71
Viuvinha-volúvel 72

IV. HÍBRIDOS

Arbusto-borboleta 77
Bagre-sapo 78
Besouro-rinoceronte 79
Bromélia-zebra 80
Cágado-tigre-d'água 81
Cavalo-marinho 82
Cobra-papagaio 83
Flor-leopardo 84
Formiga-leão 85
Gazela-girafa 86
Grilo-toupeira 88
Lagarta-dama-do-mato 89
Mico-leão 90
Morcego beija-flor 91
Orquídea-macaco 92
Peixe-banana 94
Peixe-boi-da-amazônia 95
Peixe-borboleta 96
Peixe-cachorro 97
Peixe-joaninha 98
Peixe-leão 99
Perereca-cabrinha 100
Rato-toupeira-pelado 101
Socó-jararaca 102
Tartaruga-jacaré 103
Trepadeira-elefante 104

ET CETERA 107

I.
MARIAS

MARIA-BARULHENTA

(*Euscarthmus meloryphus*)

É uma ave que pula alto e dança sobre as árvores. Sua cor é de um marrom quase laranja, com partes claras. Tem bico fino, bochechas castanhas e cauda levemente arredondada. Os olhos de canela, envolvidos num leve amarelo, enxergam o que não vemos durante o outono. Alimenta-se de insetos que captura nas folhagens ao rés do solo. Seus ninhos são frágeis e quase caem quando venta muito. Põe sempre dois ovos esbranquiçados, com pequenos pontos lilases. Seu canto obsessivo soa como um ruído e se torna um aviso aos que prestam atenção nos sentidos que traz implícitos. Ela faz do corpo o seu próprio jogo, entregando-se inteira ao ritmo dos sons do entorno.

MARIA-BOBA

(*Mechanitis lysimnia*)

Quem conhece essa borboleta colorida com listras de tigre, da família *Nymphalidae*, não imagina a lagarta esbranquiçada e espinhenta que ela foi um dia. Se a chamam de boba, é apenas porque seu voo é desavisado e lento. Há quem, inclusive, a considere ingênua. No entanto, como se sabe, as aparências por vezes enganam. Essa maria, na realidade, não tem nada de tonta. Apenas assume um jeito zen de lidar com as coisas. Além do mais, possui uma esperteza intrínseca. Como os entomologistas explicam, por assimilar substâncias tóxicas de certos alimentos, ela se torna nociva na fase adulta e pune, com seu veneno, quem a captura. As aranhas sabem disso e dela se esquivam. Entre suas peculiaridades, também se destaca a beleza de sua pupa.

MARIA-CABEÇUDA

(*Ramphotrigon megacephalum*)

Possui um bico em forma de triângulo e canta um *ríu... ruu* macio, em intervalos de dois segundos, atenta aos sons graves e agudos. Seu corpo é verde-oliva e os olhos são escuros, com sobrancelhas amarelas, em curvas. Discreta como todas as aves de sua espécie, gosta de se recolher entre os bambus das florestas úmidas e costuma fazer seus ninhos em cavidades de troncos de cor escura. Às vezes, segue bandos mistos de aves, mas só até certo ponto. E aí, com a cabeçona erguida, volta para seu canto, sem medo de se isolar nas sombras.

MARIA-CAVALEIRA

(*Myiarchus ferox*)

Ela só canta alto nas sextas-feiras. Em geral, seu som é um chamado ligeiro. De bico negro, tem cauda longa e dorso preto, garganta cinza e algumas claridades nas asas quando voa. Não esconde seu gosto pelos espaços abertos do cerrado, onde se sente em casa. Seu topete se eriça de vez em quando, sobretudo quando fica brava. Captura moscas com vontade e não sem ferocidade. Seu canto, dizem, é um *bríí* delicado, e poucas pessoas conseguem identificá-lo. Apenas as crianças — e quando muito pequenas — entendem o que essa maria fala.

MARIA-DA-TOCA

(*Parablennius pilicornis*)

É um peixe que costuma se esconder com seus pares nas tocas de pedras que ficam perto d'água. Ela atende também pelos nomes "maiuíra", "amoreia", "cutunda" e "peixe-flor". Seu corpo alongado muda de cor conforme o ambiente ou o estado de espírito: as fêmeas chegam ao amarelo vivo, e os machos, a um lilás fechado. A boca, um tanto incomum, tem maxilares com dentes pontiagudos. E as nadadeiras são cobertas de espinhos. Há pouco tempo, li a notícia de que uma dessas marias, por falta de tocas, fez de uma garrafa PET a sua morada, nas águas sujas de um rio.

MARIA-DORMIDEIRA
(*Mimosa pudica*)

É uma planta sensitiva que recolhe suas folhas em resposta a alguns estímulos. Como seu nome científico diz, é mimosa e pudica, preferindo dormir com a porta fechada para evitar as investidas de mãos atrevidas. Defende-se, assim, também dos grilos e de outros insetos herbívoros. Por isso, "maria-fecha-a-porta" é o seu apelido. Por outro lado, é bastante invasiva e se espalha com força em terrenos baldios. Todos acham que ela dorme muito, mas, na verdade, seu sono é fingido. Um dado curioso é que, para ter sonhos eróticos vívidos, muitas mulheres põem um ramo dessa maria sob o travesseiro, em noites de lua cheia.

MARIA-FACEIRA

(*Syrigma sibilatrix*)

É uma garça que assobia. Tem a face azulada, o bico rosa com mancha roxa na ponta, uma plumagem amarela na garganta, a crista e o dorso em cinza-claro. Passa a maior parte do tempo no solo, mas quando voa, estica o pescoço com uma elegância que parece ousada. Aprecia tanto as regiões alagadas como as de pouca umidade. Alimenta-se de insetos e anfíbios, constrói ninhos com pequenos galhos de arbustos e bate as asas com pressa, porém sem ganhar altura. Costuma viver solitária; no entanto, quando se casa, não larga seu par por nada. Dizem que tem um andar engraçado e sibila com um som de maria-fumaça.

MARIA-FARINHA

(*Ocypode quadrata*)

Ela também se chama "caranguejo-fantasma". Sua cor pálida se confunde com a da areia da praia e, por isso, tem o dom da camuflagem. De carapaça quadrada, mora em buracos acima da linha da maré alta e transita com desembaraço entre espaços terrestres e aquáticos. Solta estalos das garras e ruídos das patas, e fica furiosa quando se sente ameaçada. Seu maior pavor é ser jogada viva em água fervente, como fazem os humanos quando querem devorá-la. Até pesadelos ela tem, às vezes, ao pensar nessa maldade.

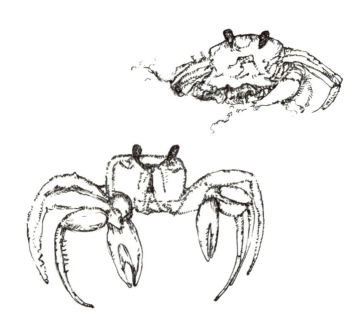

MARIA-FEDIDA

(*Nezara viridula*)

É um percevejo verde, de olhos vermelhos, que exala um odor um tanto fétido quando sofre ameaças. Como uma arma contra os rigores do mundo, esse fedor, para ela, é quase sagrado. Graças a ele, defende-se dos bicos dos pássaros que tentam capturá-la. Por outro lado, sente pavor do cheiro de alho. E, nesse aspecto, compartilha com os vampiros o seu ponto fraco. Considerada uma praga, ela se deleita com a seiva do pé de soja. Em seus passeios pela mata, costuma encontrar insetos que lhe perguntam, meio desconfiados: "Fedes?". Ao que ela responde, de forma robusta, porém acanhada: "Fedo" — não sem dar também um risinho singelo e sem graça.

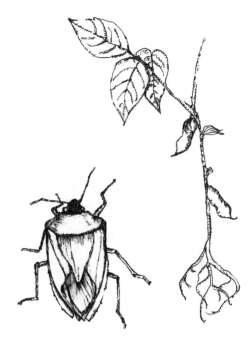

MARIA-GORDA

(*Talinum paniculatum*)

Ela também se chama "maria-gomes" e "língua-de-vaca". De cor rosada, costuma ser nefasta para outras plantas, e é meio parente dos cactos. Tem uma autonomia invejável, não depende dos humanos para nada. Cresce em lugares diferentes, como rochas, barrancos, pastagens e pomares. De tão gordas e suculentas, suas folhas parecem ser feitas de carne. Já as flores são graciosas e delicadas. Essa maria não se importa quando dizem que está obesa, pois sabe que sua beleza é farta.

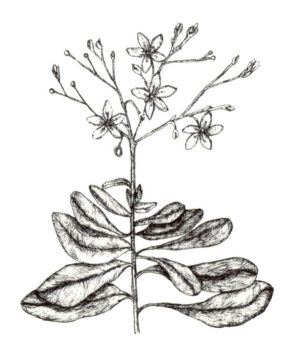

MARIA-LEQUE

(*Onychorhynchus swainsoni*)

É uma ave com pinça no bico e crista em forma de leque aberto. Vive na região sudeste, onde persegue vespas, libélulas e borboletas com uma avidez precisa, enlaçando-as com as cerdas que possui em torno do bico. Seu corpo varia do laranja ao marrom-fosco, com detalhes escuros no dorso. Quase não tem pescoço, e seu penacho vermelho exibe uma faixa azul nas pontas. Inconfundível é o seu ninho, que, como uma bolsa semifechada, fica dependurado em galhos sobre córregos e riachos, no interior das matas. De tanto observar as coisas, aprendeu que a névoa nem sempre é da paisagem.

MARIA-LUÍSA

(*Paralonchurus brasiliensis*)

É um peixe teleósteo da família dos cianídeos, e possui um nome que se confunde com o de muitas humanas que também vivem na zona litorânea. Gosta das profundezas, aprecia crustáceos e moluscos, mas está sempre em desassossego por saber que a qualquer momento pode ser capturada e comida pelos homens, como já aconteceu com muitas de suas amigas, também marias. Só de pensar nisso, seu coração fica encolhido. Há poucos dias, li no jornal que uma foi encontrada, em apuros, entalada numa argola de plástico, em certa praia do litoral paulista.

MARIA-MOLE

(*Cynoscion striatus*)

É uma pescada olhuda e roliça, em forma de banana. Sua boca grande é cheia de dentes afiados, que lembram os de um cachorro a rosnar. Dependendo do ângulo de que é vista, essa maria mostra um olharzinho meio cínico, porém inofensivo. Acredita-se que ela tem muito talento para lidar com as coisas intrínsecas. Vive em cardumes nos poços e em regiões profundas, e às vezes é confundida com a corvina. Suas principais vítimas são os crustáceos, em especial os camarões pequenos e distraídos, que não imaginam que correm perigo.

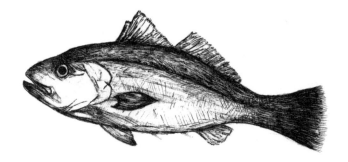

MARIA-PEIDORREIRA
(*Posoqueria latifolia*)

Dá flores brancas e cheirosas que seduzem os beija-flores nos dias de outubro. Seu fruto é uma baga em tom amarelo-alaranjado que surge, quase sempre, no mês de julho. É conhecida também como "flor-de-mico", "papa-terra" e "laranja-de-macaco". Mas nem por isso deixou de receber um nome lírico e algo antiquado: "açucena-do-mato". Os botânicos ensinam que ela possui "folhas simples, inteiras, opostas, cruzadas, glabras e cartáceas, com ápice acuminado". Um dado curioso é que sempre se comporta como se estivesse sendo observada. Mas se ela solta gases, ninguém sabe.

MARIA-ROSA

(*Syagrus macrocarpa*)

É uma palmeira solitária, de beleza rara. Ainda sobrevive em terras de Minas, do Espírito Santo e do Rio de Janeiro, mas sua existência corre perigo por causa dos desmatamentos indiscriminados. Esguia, se impõe aos nossos olhos mesmo de longe. É também chamada de "jururá" e "baba-de-boi-grande", e adora solos bem drenados, ricos em matéria orgânica. Dá um fruto de polpa doce e carnuda (de sabor meio coco, meio manga), com uma amêndoa saborosa. Fica alegre sob o sol pleno ou nas sombras porosas, e não perde o prumo em dias de tempestade. Não sei por quê, mas há quem pense que ela possui uma alma acanhada.

MARIA-SECA
(*Tetanorhynchus punctatus*)

É uma espécie de gafanhoto que parece um graveto, anda devagar e se confunde com os galhos das árvores, onde permanece por tardes inteiras. De cor castanha ou verde-oliva, cabeça curta e antenas compridas, vive em meio às plantas, alimentando-se de brotos e folhas, convicta de que não pode ser divisada. Às vezes, balança o corpo como se chacoalhada pelo vento, mas isso é só um disfarce para despistar os olhos dos predadores. Dependendo do ângulo, fica masculina, o que justifica seus outros nomes conhecidos: "mané-seco", "bicho-de-pau" e "joão-magro". O que não lhe faz nenhum mal; muito antes, pelo contrário.

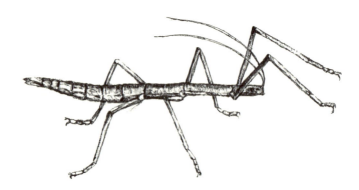

MARIA-SEM-VERGONHA

(*Impatiens parviflora*)

Ela prefere os lugares úmidos, seja em pleno sol ou nas sombras. É uma planta fácil, que se adapta sem problema a qualquer terreno. Suas flores variam dos tons vermelhos aos de rosa e laranja, podendo também ser brancas. Algumas pessoas a chamam de "beijinho". Apesar de sua graça, é considerada uma erva daninha, por prejudicar outras espécies com sua índole atrevida. Cresce em canteiros, trechos de estradas, vasos e jardineiras, sem conter seu impaciente desejo de estar presente em todos os caminhos. Em certas noites, porém, ela gosta de ficar sozinha.

MARIA-VAI-COM-AS-OUTRAS

(*Maria mariensis*)

É uma humana solidária. Se ela vai com as outras marias, é sobretudo para ajudá-las. E não importa que as outras sejam aves, insetos, plantas ou crustáceos, pois todas as criaturas lhe são caras. Por outro lado, se ela ensina a todas o que pode, com cada uma aprende o que não sabe. Juntas, enfrentam qualquer situação complicada. E mesmo quando está só, o que ela aprendeu com as outras deixa sua vida mais calma.

II.
JOÕES

JOÃO-BAIANO

(*Synallaxis cinerea*)

De dorso cinzento, possui manchas laranja no topete, nas asas e na cauda. É uma ave ágil, que usa seus talentos acrobáticos para a captura de insetos. Habita regiões altas, aprecia galhos e cascas de árvores solitárias e possui olhos um tanto ásperos. Espécie em perigo, ainda é encontrável na Mata Atlântica, entre o sul da Bahia e o nordeste mineiro, em famílias pequenas ou aos pares. Sabe-se que seu espaço tem sido, aos poucos, transformado em pastagem, e isso o deixa com o coração amargurado. Seu canto contínuo e repetido parece, às vezes, desafinado, mas não compromete em nada o seu charme.

JOÃO-BOBO
(*Nystalus chacuru*)

Engana-se quem pensa que esse pássaro é bobo de fato. O seu nome se deve ao ar sonolento e quieto, que o leva a ficar imóvel mesmo quando algum predador aparece para capturá-lo. Mas logo se livra, pela astúcia, das garras inimigas: finge-se de morto e, quando menos se espera, foge depressa. É cabeçudo, meio gorducho, e seu corpo, de matizes escuros, contrasta com a auréola branca em torno do bico e dos olhos. Estes possuem íris amarela. Sua cauda é comprida, atravessada de listras. E o bico, muito vermelho. Parece um passarinho de brinquedo. Suas outras alcunhas são "chicolerê", "rapazinho-dos-velhos", "biquinho-de-sabonete" e "pedreiro".

JOÃO-CACHAÇA

(*Holocentrus adscensionis*)

É um peixe carnívoro com hábitos noturnos, de corpo cilíndrico e achatado. Há quem o chame de "jaguareçá" e "mariquita". Já os cientistas o descreveram como um "teleósteo, breiciforme, da família dos holocentrídeos". Sabe-se que costuma ficar imóvel sob a água, deixando explícito o corpo vermelho, que mede em torno de trinta e cinco centímetros de comprimento. Reza a lenda que, antes de ser peixe, ele foi um homem que caiu nas águas do mar quando embriagado. Sua região preferida é a costa pernambucana, por ser afeito aos recifes. Porém, aparece também em outros lugares, como no golfo do México e no Caribe. Outro dia, li que ele possui uma tendência a se esconder sob as pedras nas tardes de domingo. Depois, volta para a noite, com um olhar bêbado, oblíquo.

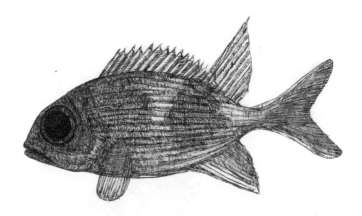

JOÃO-CORREIA

(*Leptolobium elegans*)

Conhecido por muita gente como "amendoim falso", "perobinha-do-campo" e "sucupira-branca", é um joão nativo do cerrado. Sua elegância justifica o caráter ornamental que o leva a ser plantado em vários parques. O tronco é tortuoso, e suas pequenas flores brancas brotam em outubro e novembro. Prolifera de maneira dispersa e costuma atrair as abelhas. Dá também frutos em forma de vagem. Na medicina popular, suas cascas, folhas e raízes são usadas como um tranquilizante certeiro. Há quem diga que elas podem provocar sonhos premonitórios em noites de sexta-feira, além de serem eficazes no tratamento da histeria e da enxaqueca.

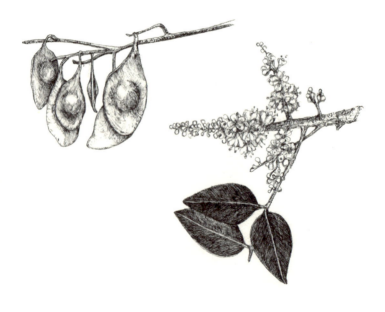

JOÃO-DE-BARBA-GRISALHA

(*Synallaxis kollari*)

Pássaro tímido, gosta de se recolher nas áreas de vegetação espessa. Mas de vez em quando visita os pântanos, em busca de insetos distraídos. De corpo ferrugem e levemente avermelhado, tem garganta branca rajada de cinza e base preta. Sua espécie está em risco por conta de agricultores que, para plantar arroz, devastam seus domínios. Esse joão ainda existe porque os índios da Amazônia o protegem em suas terras, embora estas também estejam sendo invadidas. Outro dado interessante é que ele tem um canto de nota dupla e firme, entoado com seu par, em alternâncias líricas.

JOÃO-DE-BARRO
(*Furnarius rufus*)

É o joão mais óbvio no reino dos bichos. De dorso marrom-avermelhado e cor ocre no ventre, tem sobrancelhas explícitas. As cores das penas variam de acordo com o território em que ele vive. Na Argentina, por exemplo, onde é tido como a ave símbolo do país, elas tendem a uma certa palidez cinza. Por ser arisco, prefere o aconchego de sua moradia. Aliás, é um arquiteto de primeira, construindo sua casa de forma exímia, junto com sua parceira. Feita de barro, palha e esterco, tem formato de forno e pode pesar até doze quilos. Seus compartimentos incluem plataforma, vestíbulo e câmara incubadora, com entrada elíptica. O casal, ao que se sabe, é monogâmico. No entanto, há quem diga que há casos em que a fêmea trai o marido. É quando ele, atormentado pelo ciúme, a enclausura dentro do ninho e lacra a porta. Contudo, segundo os cientistas, isso é mentira.

JOÃO-DE-LEITE

(*Pouteria ramiflora*)

Árvore ampla, com ramos cilíndricos de cor ferrugem meio cinza, é também chamada de "leiteiro-preto", "corriola" e "pitomba-de-leite". Suas flores, de um verde pálido, são pequenas e têm quatro pétalas que exalam um odor adocicado, capaz de ser sentido a mais de um metro de distância. Sua floração vai de maio a setembro, com picos de flores na estação seca. O leite do nome tem a ver com seu fruto em forma de baga arredondada, de casca amarela e polpa branca amanteigada e muito doce. Uma vez aberto, dele escorre um caldo leitoso. É bom para ser comido nas estações de chuva, quando atinge o auge de sua doçura. Sabe-se que alguns curandeiros o receitam a pessoas obesas e hipertensas.

JOÃO-DE-PAU
(*Phacellodomus rufifrons*)

Primo do joão-botina-da-mata e do joão-botina-do-brejo, é um pássaro também conhecido como "joão-graveteiro", "joão-garrancho" e "carrega-madeira". Pequeno, tem dorso castanho, em tons oliva, com cabeça escura e fronte ruiva. Quando fica contente, move rapidamente o rabo comprido de um lado para outro. Como seus parentes da família *Furnariidae*, é um exímio construtor de ninhos. Os seus são grandes e esféricos, feitos com gravetos, e ficam suspensos nos galhos de árvores isoladas. Sua companheira é cúmplice no feitio da casa, que, firme, costuma durar mais de um ano. Em certos casos, a morada chega a até dois metros de comprimento. Lá dentro, colocam penas e paina. Outro talento desse joão é o canto que emite junto a seu par em diferentes horas do dia, como se fosse um riso de muitos matizes.

JOÃO-DIAS

(*Mustelus canis*)

Quase ninguém imagina que esse joão possa ser um tubarão, mas ele é. De corpo comprido, cor marrom-acinzentada com reflexos verde-oliva e ventre amarelo, possui boca pequena cheia de dentes de pontas redondas e enfileiradas. Vive em águas turvas e rasas. Parece que tem alguma relação com os cachorros, por causa do *"canis"* de sua designação científica. É também chamado de "cação-bico-doce", "sebastião" e "tolo". Não se sabe muito ao certo o porquê desses nomes. Gosta de comer lagostas, caranguejos, pequenos peixes e moluscos. Os poetas dizem que, além de soturno, ele é um desses seres que possuem a alma turva.

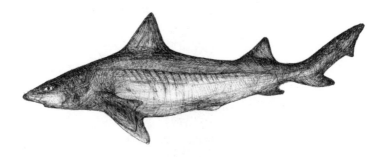

JOÃO-DOIDÃO

(*Ancognatha ignis*)

É um besouro ruivo, de vida estranha. É chamado também de "artista do fogo" e vive nas cercanias de algumas tribos indígenas do Amazonas. É comprido, de cabeça grande, olhos salientes, com pelos esparsos espalhados por suas antenas alongadas. Gosta dos emaranhados de folhas e dos galhos de árvores magras. Uma de suas peculiaridades mais notáveis é que, quando se enfurece, fricciona suas pernas escanifres, soltando faíscas que podem incendiar todo o entorno do lugar onde se encontra. Alguns índios contam com ele — que faz as vezes de fósforo — para acender fogueiras. É sensitivo, com uma vivacidade rara. Às vezes, parece desamparado e quase chega a uma modéstia trágica.

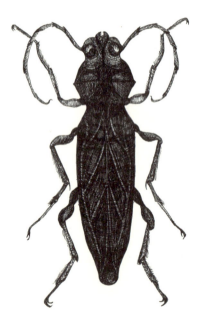

JOÃO-GALO

(*Zeus faber*)

Peixe oval e achatado, é conhecido em Portugal como "galo-negro", "alfaquete" e "peixe-galo". Os ingleses o chamam de "John Dory". Os franceses, de "saint-pierre". Possui barbatana com espinhos longos no dorso e cor verde-acinzentada com reflexos dourados. Em cada lado do corpo, traz uma mancha escura que mais parece um olho. Dizem que as duas manchas são as marcas dos dedos de São Pedro. Vive solitário em áreas lodosas e profundas dos oceanos. Seus grandes olhos em forma de binóculo enxergam o que as profundezas escondem. É guloso, e suas presas preferidas são lulas e peixes de cardumes. Além dos tubarões, seus principais predadores são os humanos.

JOÃO-GRANDE

(*Ardea cocoi*)

É uma garça morena e solitária, com altura de um metro e oitenta centímetros, que vive nas margens de lagos, rios e pequenos riachos. Também aprecia áreas pantanosas. De corpo branco e listras pretas verticais no pescoço, tem olhos amarelos envoltos em azul e bico de cor pálida com base negra. Come peixes, rãs, caramujos, pererecas e outros bichos. Emite sons espessos e duros. Discreta, adora subir de mansinho sobre as pedras à beira d'água; quando excitada, alça voos retos, ritmando as asas. Não se sabe por que tem nome de homem. Mas há quem prefira chamá-la de "garça-moura" ou "garça-parda". De sua parte, qualquer um de seus nomes vale. A nenhum deles faz ressalvas.

JOÃO-GRILO

(*Synallaxis hypospodia*)

É uma ave nordestina, de peito cinza, asas ferruginosas, topete vermelho e cauda verde-oliva. Há também quem chame esse joão de "joãozinho". Aloja-se entre arbustos ao longo dos rios. Com destreza, captura insetos, moluscos e outros invertebrados, seus alimentos preferidos. Faz ninhos com gravetos e põe sobre eles pedaços de pele de cobra para espantar predadores atrevidos. Seu canto tremulante lembra o dos grilos. Os ornitólogos versados em música dizem se tratar de uma série de sons agudos, que se resume num *chéw, chew-chee-chee-chee-ee-ee-ee-ee-ee-eu* ligeiro. Por ser um pássaro esperto e traquinas, seu nome foi dado a um personagem humano de Ariano Suassuna.

JOÃO-MOLE

(*Guapira opposita*)

Espécie arbórea de belo porte, tem tronco de casca grossa e folhas glabras nas duas faces. É comum nos cerrados de vários estados brasileiros. Por seus traços femininos, é um joão que também se chama "maria-mole" e "maria-faceira". Seus frutos, em cachos, são pequenos e redondos, com cores que vão do roxo ao rosa-choque. Atraídas por esses matizes, as aves frequentam os galhos da árvore com afoiteza. Que o diga a saíra-sete-cores, uma das mais assíduas. Além disso, dá flores miúdas, de um amarelo-esverdeado e fios brancos que levam os insetos ao delírio. Os curandeiros recomendam a casca de joão-mole para quem tem inchaços cardíacos.

JOÃO-POBRE

(*Serpophaga nigricans*)

Sua singeleza não está apenas no nome. Passarinho de corpo cinza-amarronzado e asas escuras, tem a cauda curta. Habita as margens dos lagos, rios e açudes, onde faz seus ninhos minúsculos, valendo-se de raízes, ervas, teias de aranha e musgo. Captura mosquitos com seu bico agudo e bate as asas constantemente enquanto pula. Não gosta muito de aventuras, pois se contenta com seu pequeno mundo e sua vida desprovida de luxo. Contudo, nos primeiros dias do mês de outubro, costuma passear por áreas agrícolas, com um intuito muito específico: contemplar as plantações de trigo, apenas por achá-las bonitas.

JOÃO-TORRESMO

(*Dyscinetus dubius*)

Considerado uma praga, é a larva de um besouro, e tem corpo branco, cabeça parda e mandíbulas escuras. Muita gente o chama também de "bicho-bolo", "bicho-gordo", "pão-de-galinha" ou "capitão". Ataca as raízes das plantas e as leva à debilidade, podendo, inclusive, matá-las. Os agricultores têm pavor desse joão e tentam espantá-lo de suas lavouras a qualquer custo. Isso porque o dano que provoca por onde passa é grande, sobretudo ao arroz, às batatas, ao milho e ao repolho. Quando se torna um inseto adulto, fica cascudo e adquire uma cor escura, de tom meio dúbio. É um joão muito estranho, para não dizer absurdo.

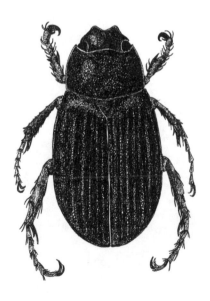

III.
VIÚVAS E VIUVINHAS

MARIA-VIUVINHA

(*Colonia colonus*)

Chama-se também "maria-velhinha", "freirinha-da-serra", "lavadeira-de-cabeça-branca" e "viuvinha-tesoura". Tem um rabo de penas longas, dorso escuro e lenço branco na cabeça. Ágil nas manhãs e ao pôr do sol, sobretudo quando não faz muito calor, está sempre atenta ao que se passa a seu redor. Dorme em clareiras e, nos dias quentes, se recolhe em meio às folhas das árvores tortas. Seu pio é quase um assobio. Suas presas preferidas são insetos de voo acrobático ou os que ficam nos galhos secos das árvores frutíferas.

SAÍRA-VIÚVA

(*Pipraeidea melanonota*)

É uma ave inequívoca, com dotes intraduzíveis. O seu canto, por exemplo, tem um quê de alegria sem pejo, graças a um som miúdo e aprazível. De cores nítidas, usa máscara preta e, se for macho, um manto negro sobre o dorso. Daí "tangara à dos noir" ser o seu nome francês. Sabe-se que vive em florestas e restingas, come insetos, frutos, sementes e ervas daninhas, mas não esconde sua preferência por ameixas-amarelas colhidas bem cedo. Dia desses, vi uma delas — acho que fêmea, por conta da cor azul-esverdeada — sobre uma árvore oblíqua e encurvada, quase seca. Parecia ter um leve incômodo no olhar, esperando algo que desconheço. Deixava-se acontecer, atenta à hora e vez de cada coisa.

VIUVINHA-ALEGRE

(*Xolmis irupero*)

Essa viuvinha contradiz sua viuvez de várias formas. Para começar, seu corpo é todo branco. Tanto que muita gente a chama de "noivinha". Só o bico, as pernas, as penas extremas das asas e a ponta da cauda têm a cor do luto. Seus olhos são astutos e, de longe, enxergam tudo. Vive em áreas diversas, como na caatinga, em terras com arbustos ou perto de brejos. Fica alegre quando voa e se mantém parada no ar como os beija-flores. Sua elegância até assusta, de tão incisiva. Que o diga quem com ela cruza em seus voos pelo azul do céu nordestino. Segundo um ornitólogo pernambucano, é a sensação de liberdade que a deixa ainda mais linda.

VIUVINHA DO AMOR-AGARRADINHO
(*Antigonon leptopus*)

É um mimo de trepadeira. Uns a chamam de "Rosália"; outros, de "Georgina". De crescimento lento e constante, adquire aos poucos um ar romântico, pois suas folhas são pequenos corações verde-claros. Ela se sente bem ao ar livre, sobretudo em momentos de vigília. Com seus ramos flexíveis, atravessa muros, telhados e cercas, sempre irresistível. Floresce o ano inteiro e se deleita sobretudo com as abelhas. Consta que traz serenidade aos que a rodeiam.

VIUVINHA-BORBOLETA

(*Chaetodon ocellatus*)

É um peixe que habita as águas do mar e reage, com sutileza, às investidas de pretensos inimigos. Sua cor é branca, atravessada por uma barra vertical negra que parece lhe ocultar os olhos. Possui também manchas escuras nas barbatanas. Atende aos nomes "bicudinha", "caco-de-prato", "paru-bicudo" e "saberê", sem saber que também possui algo de lepidóptero. Adora os recifes, corais e as costas tropicais. Seu mistério está na boca, que, em vez de dentes, tem cerdas pontiagudas. Se não consegue fugir dos iminentes perigos, tende a mostrar aos predadores o que podem seus espinhos.

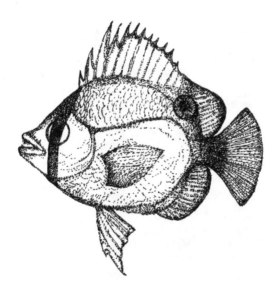

VIUVINHA-DE-MÁSCARA

(*Fluvicola nengeta*)

É uma ave que convive com vários nomes brancos: "noivinha", "maria-lencinho", "bertolinha", "maria-branca", "senhorinha". Se sua brancura é inconsistente — a cor preta se mostra em várias partes do corpo, como patas, cauda, íris, bico e extremidade das asas —, sua viuvez é dissimulada. No rosto, duas faixas negras e estreitas dão a ilusão da máscara. Vive nas cercanias de lagos, lagoas, rios e açudes, deliciando-se com a lama das margens. Gosta das clareiras no meio da mata e, sempre que pode, se finge de incauta.

VIUVINHA-DE-ÓCULOS

(*Hymenops perspicillatus*)

Habita áreas úmidas, como brejos e juncais. Perspicaz, corre entre os bancos de lama, à caça de insetos menos atentos. Com uma auréola ao redor dos olhos, é como se usasse óculos ou uma máscara amarela. Quando voa, deixa ver a cor branca que se oculta sob as asas. Se macho, é negra. Se fêmea, é parda e cheia de estrias. Seu canto é um apelo, quase um chamado. Não se sabe como ela enxerga o mundo, mas uma coisa é certa: no que vê, ela distingue o que é perigo e o que a acolhe de fato. Seus olhos são exatos.

VIÚVA-DA-SAIA-PRETA

(*Gymnocorymbus ternetzi*)

É um peixe de água doce que suporta os reveses com certa platitude e parece usar sobre a cauda uma saia escura. Dizem que tem melhor saúde em épocas de chuva. Seu corpo de quatro ângulos possui uma cor prata um tanto incerta, que, devagar, se fecha numa sombra. Outros nomes corriqueiros aos quais responde são "castanheta-das-rochas" e "tetra negra". Por nadar em meia água nos dias calmos, pode viver, sem traumas, num aquário. Quanto à comida, aprecia vermes e crustáceos. Nas manhãs de março, suas guelras costumam ficar ásperas.

VIUVINHA-DO-BREJO

(*Arundinicola leucocephala*)

É uma ave cabeçuda, com um olhar que vai do lírico ao sisudo. O macho é preto, de cabeça branca, lembrando uma freira ou uma lavadeira de lenço amarrado na cabeça. Já a fêmea tem o corpo cinzento, meio pardo, com partes um pouco mais claras. A base do bico é amarelada. Branca mesmo, só a testa. Sabe-se que aprecia charcos, pântanos e lagoas. Quando pousa num galho sob a chuva, costuma abrir o bico e olhar de um lado para outro, sempre com um ar perplexo e curioso.

VIUVINHA-HUMANA

(*Homo sapiens viuvensis*)

Ela está triste, mas não é triste. O desamparo que lhe é atribuído por outros humanos não existe senão como uma saudade doída do que foi irreversivelmente perdido. De resto, persiste e se mantém altiva. "Contra a solidão, ouvir Bach é um antídoto", uma já me disse, ao sair do luto. Outra, menos afeita às coisas líricas, me contou que o trabalho foi sua forma de recusa ao tédio inapelável dos dias. Sei, ainda, daquela que (para conter a melancolia) se rendeu às vertigens da escrita. Cada uma com seu recato. Ou sua malícia.

VIÚVA-MARRECA

(*Dendrocygna viduata*)

Além de nuca, pescoço e asas negras, ela tem peito castanho e flancos estriados em preto e branco. Seu nome científico significa "cisne de luto que pousa nas árvores". De olhos vigilantes, come gramíneas, plantas flutuantes, girinos e pequenos invertebrados. Seus passeios são, em geral, à noite ou no fim da tarde, sempre acompanhados de pios estridentes. Há quem a chame de "piadeira-branca", "irerê" e "paturi". Dependendo do ângulo, parece que ri.

VIÚVA-NEGRA

(*Latrodectus mactans*)

Tecelã primorosa, procura urdir suas teias em lugares gélidos e sombrios. Tem pele negra e lustrosa, com uma mancha vermelha no ventre, em forma de ampulheta. Com oito olhos, oito patas e uma peçonha perigosa, é uma aranha bastante temida. No entanto, não se pode dizer que seja propriamente agressiva. Só ataca quando se sente intimidada. Gosta de comer filhotes de gafanhotos, grilos, saúvas, besouros e baratas. Às vezes, caça também escorpiões e lagartixas. Sua fama entre os humanos se deve ao fato de que devora o parceiro após a cópula. Mas isso acontece não porque ela o mata, e sim porque ele morre. E se a viúva depois o come, é porque ele já está morto e, ela, com fome.

VIÚVA-RABILONGA

(*Euplectes progne*)

Na verdade, quem tem o corpo negro e o rabo longo — com penas que atingem até cinquenta centímetros — é a viúva macho. Suas asas magníficas possuem uma camada vermelha que brilha. E é com essa beleza que o pássaro se exibe para as fêmeas, almejando seduzi-las. Dá saltos acrobáticos e as olha com lascívia. Elas, por sua vez, avaliam as acrobacias do pretendente de forma exigente e não sem certa malícia, mas nunca se deixam impressionar apenas por coreografias de superfície.

VIUVINHA-REGATEIRA

(*Zinnia elegans*)

Ela adora ser chamada de "Zínia". E como seu nome científico indica, é uma planta de elegância sempre viva. Suas flores se reúnem em grandes capítulos solitários, às vezes simples, às vezes dobráveis. As cores são muitas: rosa, amarelo, roxo, laranja, bege, vermelho, além de outras menos óbvias. As pétalas podem ter listras bicolores e formas variadas. As borboletas a veneram, especialmente em tardes de primavera, sob o sol pleno. É afeita às horas ímpares, não cede às doenças do corpo e tampouco aos males íntimos.

VIUVINHA-SOLDADINHO

(*Membracis trimaculata*)

Ela pertence à família dos membracídeos e é parente da cigarra. Pequenina, tem um dorso bizarro, que lembra um capacete de soldado. Pode ter espinhos, chifres ou ganchos afiados. Seu alimento é a seiva das árvores, que ela suga com furor. O que sobra vira uma crosta de melado que ela guarda para as formigas. Estas, agradecidas, protegem a viuvinha contra os bichos vorazes. E, com essa amizade, ela dorme tranquila.

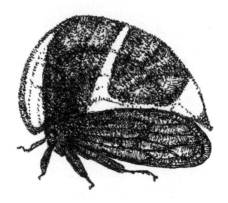

VIUVINHA-VOLÚVEL

(*Petrea volubilis*)

É uma trepadeira com flores em formato de estrela. Suas pétalas são azuis, brancas ou roxas, dependendo do estilo. Ela se alastra em muros e treliças, com a languidez e a desenvoltura das plantas que se enredam sob o sol agudo. Exala perfume e aprecia a terra ligeiramente úmida. Resiste a geadas e não gosta de ser podada. Em setembro e outubro, fica mais assanhada, atraindo borboletas e abelhas para suas flores fartas.

IV.
HÍBRIDOS

ARBUSTO-BORBOLETA

(*Polygala myrtifolia*)

É uma planta de caule lenhoso e seiva leitosa. Possui uma densa ramagem de folhas finas, oblongas e verde-azuladas (semelhantes às do mirtilo) que se alastram, irrefreáveis, pelos galhos. Às vezes, é chamada de "polígala". E por dar um fruto ovalado e marrom, é também conhecida como "ervilha-doce". Seu charme está nas flores de três pétalas de um cor-de-rosa vivo, com uma crista clara no meio. Quem as vê de relance acha que são borboletas pousadas nos ramos. Consta que as abelhas as disputam sempre com vespas, besouros, mariposas e formigas. Quanto às borboletas de verdade, sabe-se que são suas amigas íntimas.

BAGRE-SAPO

(*Pseudopimelodus raninus*)

É um peixe que os humanos acham muito feio. De cabeça achatada, bigodes e cara de sapo, ele é pardo, com manchas negras e esbranquiçadas. Gosta da noite, quando passeia pelas águas sondando as tocas que encontra entre as pedras. Sua natureza é incerta, quase um enigma, e sua espécie se encontra em grande perigo. Por isso, os cientistas de laboratório tentam procriá-lo na barriga do mandi — outro peixe de água doce —, que, por um uma contingência infeliz, a aluga sem intuir que terá um filho meio anfíbio, a ser depois jogado nas bacias imundas dos rios.

BESOURO-RINOCERONTE

(*Oryctes nasicornis*)

Famoso pela força, é um inseto com chifre curvo no meio da testa que vive na Europa, sobretudo entre os carvalhos portugueses. Mas só o macho é cornudo. Por gostar de carne podre, ele tem também um quê de abutre. Alimenta-se, ainda, de troncos e raízes sem vida. A despeito da aparente ferocidade, é calmo e inofensivo. Seu peso e tamanho só se comparam ao de outro besouro, a vaca-loura (*Lucanus cervus*) — que tem algo de cabra e também atende pelo nome de "escaravelho-veado". De antenas laminadas, ele só faz barulho quando bate as asas.

BROMÉLIA-ZEBRA

(*Aechmea chantinii*)

Nela, a flor tem formato de espiga, com longas folhas verde-escuras, listradas de branco e amarelo pálido, lembrando a pelagem das zebras. Não se incomoda quando fica presa em vasos dentro de casa, embora goste mais das florestas remotas, onde sempre viveram seus antepassados. Sente um certo apreço pelos dias de sol vago. Dizem que dá sorte a quem com ela se importa e, se vive no mato, costuma manter segredos com algumas aves de pequeno porte que a visitam, de vez em quando, nas tardes de março.

CÁGADO-TIGRE-D'ÁGUA

(*Trachemys dorbigni*)

É um réptil que os humanos insistem em levar para casa, como se fosse adestrável. Mesmo não sendo peixe, sente-se à vontade nos rios, lagos e açudes, o que não o impede de gostar também de terras áridas. Cresce com certa rapidez, logo perdendo o ar de pet que tanto atrai a criançada. Seu lado tigre está na cor e nas listras, embora, às vezes, o amarelo rajado da cabeça se aparente com o da abóbora. Agora há pouco, vi um deles na vitrine de uma loja. Boquiaberto, não tinha a mínima ideia do que fazia ali, naquele cárcere.

CAVALO-MARINHO

(*Hippocampus*)

É um peixe equívoco, pois se parece mais com um crustáceo de traços equinos. Afinal, tem um corpo ósseo, e sua cabeça alongada parece uma crina. É, sem dúvida, um híbrido legítimo: se sua forma lembra um cavalo, não deixa de possuir um quê camaleônico, já que sua cor se altera de acordo com o ambiente. Além disso, seus olhos se mexem avulsos, sem sincronia um com o outro. De vez em quando, se assemelha a uma planta de barbatanas, ou mesmo a uma anêmona. Engraçado que o macho é quem gera os filhotes numa bolsa, como um canguru, até que eles venham à luz.

COBRA-PAPAGAIO

(*Corallus caninus*)

Essa espécie de ofídio é uma das mais bonitas que existem. De cor verde-esmeralda, apresenta a parte inferior amarela e manchas brancas oblíquas. Possui um quê de papagaio ou periquito. Daí "periquitamboia" e "jiboia-verde" serem alguns dos seus apelidos. Vive na Amazônia, entre árvores e arbustos nas proximidades de rios e igarapés. Não tem veneno, mas suas duas presas são longas e finas. Por isso Lineu a associou aos caninos na hora de batizá-la. Ela adora se enrolar nos troncos, à espreita de aves e pequenos mamíferos, que mata por asfixia. Quem a encara costuma dizer que seu olhar é agudo, quase cínico.

FLOR-LEOPARDO

(*Belamcanda chinensis*)

Embora rústica, é uma planta de ar versátil. Originária da Ásia, tem folhas espessas e verde-azuladas que se dão a ver como um leque sobre a haste. As flores têm forma de estrela, cujas pétalas pintadas se parecem, em cor e textura, com o pelo de um leopardo. Não suporta ficar encharcada e, por isso, se irrita na época das águas. Também fica brava se os gatos intrusos vêm cheirar suas folhas achatadas, ou quando os insetos confundem suas sementes com amoras em cachos. Tem uma beleza selvagem, mesmo quando é plantada em canteiros e vasos.

FORMIGA-LEÃO

(*Myrmeleon ambiguus*)

Atende pelos nomes de "cachorrinho-do-mato", "piolho-de-urubu", "joão-torrão", "furão" e "tatuzinho". Porém, não é formiga, não é leão, ou nenhum desses outros bichos. Tampouco é o mirmecoleão — animal filho de pai leão e mãe formiga, catalogado nos bestiários antigos. Ambígua, ora é uma coisa, ora é outra, mas não é nenhuma ou é todas juntas. Sua larva tem uma mandíbula feroz de mamífero, cheia de pinças e espinhos, com a qual escava um buraco na areia para capturar possíveis vítimas. Sua vida adulta é breve: vai do fim da primavera até os primeiros dias do outono.

GAZELA-GIRAFA

(*Litocranius walleri*)

É um antílope que vive nas regiões áridas da África. Seu pescoço longo e fino compete com a extensão das pernas delgadas. Tem pelagem castanha, que se torna ruiva quando vista sob o sol da tarde. Suas orelhas enormes, em forma de asas, destacam-se na cabeça miúda. Olhuda, detesta ser observada. E dizem por aí que raramente bebe água. Seu alimento favorito são as acácias, com as quais se delicia ao lado de seus pares. O macho tem chifres curvos; a fêmea, um olhar sábio.

GRILO-TOUPEIRA

(*Gryllotalpa*)

É também conhecido como "paquinha" e "cachorrinho-do-mato". Aprecia o solo úmido e as terras cultivadas. Suas asas da frente são curtas; as de trás, extensas. As patas, por sua vez, têm uma assimetria confusa: as traseiras são frágeis; as dianteiras, robustas. Todas elas pontiagudas. No entanto, ele não pula. Sua arte está em escavar o solo, pois escolheu uma vida subterrânea. Uma amiga minha já levou um beliscão desse grilo, numa noite quente. Foi tudo num relance, ela disse, pois o bicho logo escapou terra adentro.

LAGARTA-DAMA-DO-MATO

(*Homo sexilineata florensis*)

É um réptil com feições humanas que vive nas matas litorâneas. Tem uma cor pardacenta, com pintas escuras na cabeça e no ventre. Sua boca tem grandes lábios, que escondem dentes afiados e longos. Quando está no cio, fica tão excitada que todo o seu rabo se abre em flor. Isso assanha as abelhas e os colibris, que dela se aproximam com o desejo aceso. Entretanto, avessa a tais assédios, ela se enfurece e captura, com a língua longa e pegajosa, todos os bichos inoportunos que aparecem.

MICO-LEÃO

(*Leontopithecus rosalia*)

É um macaco ruivo-dourado com garras afiadas e juba leonina. Costuma acordar muito cedo e fica sempre aceso nas primeiras horas do dia. Seus olhos agudos lhe dão um ar decidido. Às vezes, se mostra agressivo com outros bichos, mas, com os seus próximos, é bastante dócil e tranquilo. Dizem, aliás, que é um ótimo pai de família, cuidando muito bem de suas crias. Teme as aves de rapina e a jaguatirica, sobretudo quando estão com fome. Mas seus verdadeiros inimigos são os humanos, que devastam as matas, transformando-as em pastos, ou traficam os macacos não se sabe para onde.

MORCEGO BEIJA-FLOR

(*Glossophaga soricina*)

É uma graça de morcego. Pequenino, tem focinho comprido e uma língua extensível, com a qual suga o néctar das flores em noites úmidas. Disputa com os beija-flores os bebedouros, mas mesmo assim não é tido por eles como um desafeto. De orelhas pontudas e asas pardas, tem cara de rato. Embora seja noturno, não gosta de sangue, nem considera Nosferatu um aliado. Muito pelo contrário, é mais afeito aos insetos, como as abelhas, a quem ajuda a espalhar o pólen entre as plantas dos canteiros. É cego, mas tem um sexto sentido orientado por ecos.

ORQUÍDEA-MACACO

(*Dracula simia*)

Essa orquídea com cara de macaco parece um híbrido de extraordinária sutileza. Pode ter expressões variadas, que vão da alegria à perplexidade. Gosta de umidade e altura, embora já esteja quase acostumada à realidade dos jardins e dos vasos. Um dado interessante sobre ela é que as pontas de suas sépalas lembram os dentes caninos do conde Drácula. Além disso, possui um aroma impreciso de laranja madura, que confunde os que nela buscam algum cheiro menos ácido. Sabe-se, inclusive, que tem o dom de provocar o riso de quem flagra seu rosto símio em situações inesperadas.

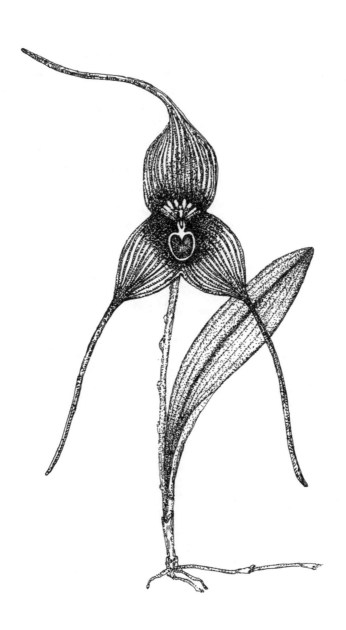

PEIXE-BANANA

(*Acipenser sapientum*)

Encontrável em águas revoltas, é um peixe de olhos trágicos, hábitos estranhos e cauda amarela. Suas escamas rugosas e esverdeadas lembram a casca do abacate. E por ter a guelra muito estreita, respira com certa dificuldade. Mas isso não o impede de enfrentar cardumes de peixes violentos nos passeios que faz pelas profundezas nos fins de tarde. Segundo um escritor americano de renome, ele também possui um apetite invejável, que o leva a mergulhar num buraco cheio de bananas, com as quais se refestela para além do limite de sua fome. E então, tomado por uma febre terrível, ele morre.

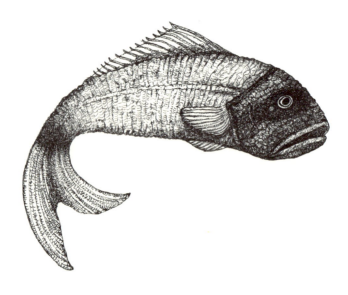

PEIXE-BOI-DA-AMAZÔNIA

(*Trichechus inunguis*)

É um adorável mamífero de água doce. Vegetariano, possui traços bovinos e corpo de morsa. Por emitir sons que evocam o canto das sereias, os zoólogos o chamam de "sirênio", ao lado de outros mamíferos aquáticos, como o peixe-boi-marinho e o dugongo Sabe-se que é muito dorminhoco: em vigília, fica alguns minutos fora d'água, para um respiro, mas passa a maior parte do tempo submerso, em sono espesso. Seus olhos pequenos discernem cores e enxergam tudo de longe, e um pouco atrás deles se encontram os ouvidos sem orelhas. Com os bigodes sensíveis do focinho, percebe as intenções de quem dele se aproxima. Encontra-se, mais do que nunca, sob perigo extremo. Não só pela cobiça de pescadores intrusos, mas sobretudo pelas sucessivas queimadas que devastam a Amazônia.

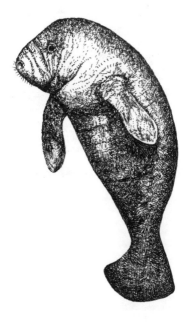

PEIXE-BORBOLETA

(*Carnegiella strigata*)

Colorido, ele gosta de saltar para fora d'água como se estivesse a ruflar asas. Tem focinho de tesoura e olhos cheios de perplexidade. Há quem ache que seu lado borboleta seja parecido com o do tucunaré, que também tem o inseto no nome. Mas não: o *Cichla orinocensis* é canibal e, ao contrário do primeiro, mal-encarado. Talvez por isso, para ficar longe dele, o peixe-borboleta prefira o aconchego do aquário. Mas, quando está no mar, procura a companhia dos camarões, a quem chama de camaradas, pelo simples fato de comerem os parasitas que se agarram no seu corpo achatado.

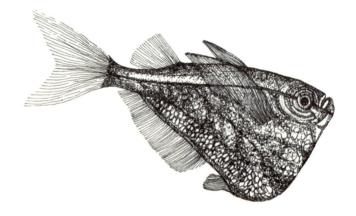

PEIXE-CACHORRO

(*Hydrolycus armatus*)

Também se chama "cachorra" e não tem nada a ver com o peixe-cadela (*Cynopotamus humeralis*). Gosta das águas ligeiras, vivendo em canais e na mata inundada. Suas escamas mínimas combinam com o corpo comprimido. Na boca oblíqua, a mandíbula (de feição canina inequívoca) se distingue, e nela se veem compridas presas. Não à toa, sua maxila de cima tem dois buracos para alojar esses dentes quando a boca se fecha e o peixe se ensimesma. Não é fácil de ser fisgado, dada sua rapidez em se livrar do anzol, ao puxar a isca. As piranhas apreciam suas nadadeiras como petiscos e ficam sempre à espreita, pois sabem que ele é, de fato, muito arisco.

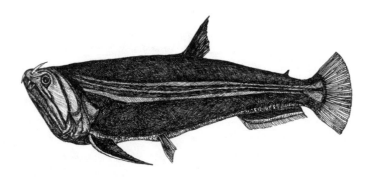

PEIXE-JOANINHA

(*Crenicichla lacustris*)

Ele preza a companhia dos patos e costuma ficar entre as pedras, nas áreas costeiras dos rios frios. De corpo comprido, boca grande, cor cinza-pardacenta e pintas vermelhas, é também chamado de "jacundá" e "truta-brasileira". Frágil, se intoxica facilmente pelo lixo jogado nas águas que habita. Um dado intrigante é que ele tem um olho na cauda, que não é bem um olho. Alimenta-se de peixes pequenos, camarões e outros invertebrados pouco atentos ao entorno. Suas escamas são muitas e, como as joaninhas, tem um jeito atraente de capturar suas vítimas.

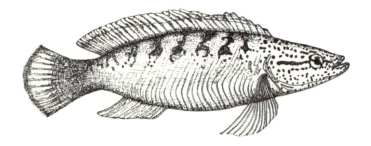

PEIXE-LEÃO

(*Pterois volitans*)

Possui beleza, espinhos e veneno. Seduz para matar, reluzindo em cores fluorescentes pelas águas do mar, em noites solitárias. Guloso, devora sem dó as suas presas — em geral, peixes, camarões e lagostas. Por isso se diz que seu coração é feroz. Já sua peçonha, prefere deixar para os humanos, que, quando atacados, sentem dores, febre e vômitos. Consta que vive muitos anos, resistindo ao calor e ao frio intensos. Sempre muito exibido, tem orgulho de seu dorso espinhento e seu charme nocivo. O peixe-dragão, o peixe-peru e o peixe-escorpião, ouvi dizer, morrem de inveja dele.

PERERECA-CABRINHA

(*Hyla albopunctata*)

É uma pererreca cantora, com traços caprinos. Seu coaxar no brejo, à noite, às vezes se parece com um assobio. E há quem o confunda com mugido ou canto de grilo, dependendo do ritmo. Uma poeta já disse que ela coaxa para além de seu nome anfíbio. Olhuda e papuda, possui focinho alongado, de cabra, e sua cor vai do amarelo ao marrom, passando por um vermelho tímido. As mãos contêm espinhos. Já ouvi dizer que ela gosta de cochichar com as amigas, sob a lua cheia. Com muito cuidado, é claro, para que os girinos não ouçam seus mexericos e os espalhem pelo brejo inteiro.

RATO-TOUPEIRA-PELADO
(*Heterocephalus glaber*)

É um bicho interessante, para não dizer estranho. Natural do nordeste africano, subsiste ao envelhecimento e pode viver longos minutos sem oxigênio. Vive em tocas subterrâneas, e sua vida social é semelhante à das formigas. De pele enrugada e sem pelos, seu corpo se parece com um pescoço de tartaruga. Seus dentes incisivos lembram os de um vampiro. Dizem que não sente dor no contato com o fogo e é imune ao câncer. O mais velho espécime conhecido já completou trinta e cinco anos. No entanto, fora da condição de cobaia dos humanos, é possível que esse roedor não morra nunca.

SOCÓ-JARARACA

(*Tigrisoma fasciatum*)

Dizem que é uma ave muito tímida. Atende também pelo apelido "socó-boi-escuro", pois tem o abdômen em formato levemente bovino. Já seu lado ofídico está no pescoço longo, de um cinza-escuro, com toques de marrom e canela. Sua íris é amarela. Habita florestas com rios límpidos, mas não recusa as áreas irrigadas do cerrado goiano. Come peixes pequenos, larvas e insetos, sem prescindir de crustáceos, moluscos e anfíbios. Por ser reservada, ninguém imagina que possa ser, para outros bichos, um desafio. Ama as folhas secas e cultiva a solidão como um privilégio. Os biólogos sabem que pertence a uma espécie ameaçada.

TARTARUGA-JACARÉ

(*Macrochelys temminckii*)

Carrancuda, é avessa a piadas. Isso, porém, não impediu que seus conterrâneos — humanos que vivem perto dos rios, lagos e pântanos norte-americanos — a apelidassem de "dinossauro", em parte por conta das largas e pontudas escamas que formam seu casco. Há de admitir que ela guarda uma beleza jurássica, mas ninguém lhe diz isso, por medo da potência aterradora de suas dentadas. Alimenta-se de peixes, patos, garças, sapos, cobras e lagartos. Se fosse bípede e soubesse manusear objetos, a tartaruga-jacaré seria, certamente, uma guerreira formidável.

TREPADEIRA-ELEFANTE

(*Argyreia nervosa*)

É uma planta vigorosa. De ramagem longa e raízes profundas, sobe pelos caramanchões, muros e cercas. Uma fina penugem aveludada cobre os ramos e a parte inferior de sua folhagem. Por isso o seu verde adquire um tom prateado. Dá flores em forma de orelhas de elefante, o que legitima sua ligação com o paquiderme. Mas o que nela mais atrai os humanos são os efeitos alucinógenos de suas sementes, consideradas sagradas graças a seus poderes xamânicos. Entretanto, como nem tudo é perfeito, ela está sempre com os nervos à flor da pele. Lenhosa e manhosa, odeia geadas e se aconchega ao calor úmido dos solos férteis.

ET CETERA

Esta pequena enciclopédia não termina aqui. Muitos outros seres poderiam ocupar suas páginas, já que as marias, os joões, as viúvas e viuvinhas, os híbridos animais e vegetais se multiplicam em diferentes reinos, famílias e espécies do mundo natural. Os que não foram incluídos se fazem aqui presentes de alguma forma, graças às potencialidades do et cetera — essa categoria inclassificável que contém aquilo que falta, sobra ou ainda não foi inventado.

© Maria Esther Maciel mediante acordo com MTS Agência, 2021
© Julia Panadés, 2021

Todos os direitos desta edição reservados à Todavia.

Grafia atualizada segundo o Acordo Ortográfico da Língua Portuguesa de 1990, que entrou em vigor no Brasil em 2009.

capa
Flávia Castanheira
tratamento de imagens
Carlos Mesquita
preparação
Julia de Souza
revisão
Jane Pessoa
Erika Nogueira Vieira

1ª reimpressão, 2022

Dados Internacionais de Catalogação na Publicação (CIP)

Maciel, Maria Esther (1963-)
Pequena enciclopédia de seres comuns / Maria Esther Maciel ; ilustrações Julia Panadés. — 1. ed. — São Paulo : Todavia, 2021.

ISBN 978-65-5692-133-4

1. Literatura brasileira. 2. Ensaio. I. Panadés, Julia. II. Título.

CDD B869.3

Índice para catálogo sistemático:
1. Literatura brasileira : Ensaio B869.3

Bruna Heller — Bibliotecária — CRB 10/2348

todavia
Rua Luís Anhaia, 44
05433.020 São Paulo SP
T. 55 11. 3094 0500
www.todavialivros.com.br

fonte
Register*
papel
Pólen bold 90 g/m²
impressão
Geográfica